Gilbert Héry

Les fabliaux du hérisson

Edition : Books on Demand,
12/14 rond-Point des Champs-Elysées, 75008 Paris
Impression : BoD - Books on Demand, Norderstedt, Allemagne
ISBN : 9782322091584
Dépôt légal : décembre 2018

Préface
Mariam Demba Sao

La fraîcheur des adages que nous a laissé la sagesse populaire …

Dans un temps de grisaille ,où la vie nous échappe dans l'urgence et la dureté du quotidien … L'humanité se rappelle à elle-même à travers ces petits contes et histoires courtes ,prises sur le vif ,si riche d'enseignement et ou chacun peut y trouver le reflet de son âme...

Le réconfort des bons sentiments , avec le retour de ce singulier bestiaire humain … Si Humain !!! nous rappelle à l'état de nature avec ce parfum de nostalgie … d'un temps où les animaux parlaient aux hommes …..

Oui merci de rafraîchir ces souvenirs qui nous viennent de nos devanciers : La Fontaine , Esope son inspirateur et plus près de nous : Jacques Prévert, Pierre Perret.....

Nous avons tant à apprendre de la nature qui devrait comme vont nos vœux , se régénérer retrouver sa virginité encore et encore …..

Nous avons tant à apprendre des animaux , nos amis , que l'on traite si mal , et qui pourtant ne peuvent se résoudre à nous abandonner …..

Les animaux , ils sont peut-être des bêtes , mais ils ne sont pas con.....(Pierre Perret) .

Le créateur de toute chose a pris un grand risque en donnant à l'homme , être inachevé mais sans doute , sur le chemin de la connaissance et de la lumière … le créateur , dis-je, a pris un grand risque en donnant à l'homme son libre arbitre ...mais donnons lui en retour le préjugé favorable ...ils sait ce qu'il fait …..

Jusqu'à présent , c'est vrai que l'on pourrait craindre le pire ...toutes ces occasions manquées , toute cette méchanceté jaillie dans le cœur de quelques uns ...la boîte de Pandore malencontreusement ouverte …..

Mais l'amour du fond de l'âme est la matière la plus précieuse ...et la plus forte.....

Et je me joints à toi poète et juste devant les nations , qui sait que l'Utopie était au départ de la vie et qu'elle nous a précédés … et qu'il nous reste , quand tous les fléaux du monde se sont envolés l'Espérance que nous devons cultiver …..

Les fabliaux du hérisson

Le jeune hérisson

Une maman hérisson mit au monde quatre petits : trois femelles et un mâle qui très vite s'ennuya. Épris de liberté, il s'en alla découvrir le monde. Sous des climats plus arides, il rencontra d'autres compères vivant de façons différentes, dormant sous le sable et la paille, dégustant des insectes de toute sorte .

Un jour, il retourna dans sa famille plein de souvenirs ; avec ses sœurs il passa de longs moments d'échanges et de partages. En même temps que des idées de voyage il leur transmit une abondance de puces. Tout cela les démangeait jusqu'à l'intention de faire elles-mêmes leurs propres expériences. A leur tour elles quittèrent la famille. Quelque temps plus tard , comme pour leur frère, la mère les recueillit ; elles étaient accompagnées de tout petits hérissons aux piquants amusants ,certains plus foncés d'autres plus clairs et des yeux rieurs et intelligents . Ces petits-là grandiront et coincées entre leurs antennes ,ce seront des puces électroniques qui les feront voyager ,sans jamais vraiment partir.

Cette histoire s'adresse aux hommes qui doivent reconnaître en la curiosité les germes de leur évolution.

Le rouge-gorge intelligent :

Il était une fois au bord de la rivière un pêcheur qui apercevant près de lui un rouge-gorge affamé lui demanda : « que fais-tu là ? N'as-tu pas peur de m'approcher ? ».
La réponse ne se fit pas attendre : « je viens manger les graines de ton appât que tu as laissé tomber au sol . »
Le pêcheur reprit : « tu as bien raison. J'attire les poissons avec du blé et du maïs, et il en tombe toujours à côté ».
L'oiseau finit la discussion : « tu manges le poisson qui lui aussi

savoure les mêmes choses que moi ; mais tu as oublié que toi aussi tu te nourris de blé et de maïs. Alors retrouvons-nous tous les trois autour du même plat ! »

Cette fable s'adresse aux hommes qui oublient facilement leur propre nature et qui veulent conquérir de nouveaux territoires.

Le petit général

C'est l'histoire d'un petit général qui avait sauvé la révolution de son pays. Il connut alors l'avènement de la République et la fin logique de l'esclavage dans les colonies de l'Ancien Régime.
Il voulut ensuite devenir empereur et , afin de donner l'énergie à ses troupes, il envoya de nombreux esclaves dans ses champs de canne à sucre.

Cette histoire montre que l'homme, épris de liberté et de bonnes intentions, recherchant puissance et richesses, piétine ses premiers desseins.

La jeune fille et les roses :

C'est l'histoire d'une jeune fille qui aimait tant les roses qu'elle en déposait au fond de son lit avant de dormir. Un jeune jardinier la vit au milieu de ses rosiers et tomba amoureux.
Mais à chaque fois que répondant à son appel il voulait la rejoindre sous les draps il se piquait. Cet amour devenait impossible.
Le jardinier se mit à cultiver des pivoines et lui offrit bouquets sur bouquets. La jeune fille les adopta dans son lit et les étreintes des deux amoureux purent alors s'accomplir .

Cette histoire montre qu'un problème dans la nature trouve sa solution dans la nature et que l'amour dépasse tout.

Le téléphone portable
Un commerçant désargenté décida d'acheter un téléphone portable afin de satisfaire au mieux ses achats et commandes. Ses affaires devinrent prospères.
Un jour le téléphone portable tomba en panne ; son propriétaire le fit rapidement réparer et lui dit : « je suis satisfait de toi ; car avec toi je me suis enrichi ».
Le téléphone lui répondit alors : « c'est juste ; sans moi tu n'es plus rien. C'est moi qui te soutiens, qui te porte, tu es devenu un homme portable. »

On devient facilement esclave d'outil moderne et performant à partir du moment où il y a un retour « intéressant ».

Le pêcheur et la brème :
C'est l'histoire d'un pêcheur qui peu de temps après avoir tendu ses lignes accrocha une brème bien malheureuse d'avoir été attrapée. Elle lui dit :
-« regarde-moi, je suis plate, enduite d'une colle désagréable, bourrée d'arêtes et en plus je sens mauvais. Relâche- moi et je t'indiquerai un endroit avec plein de carpes : elles y sont bien grasses, luisantes ; leur chair est serrée et nourrissante ».
Le pêcheur convaincu s'exécuta. Mais rapidement le filon des carpes s'épuisa.
Il se résigna à manger les brèmes encore nombreuses. Il découvrit alors une chair fine et délicate, supérieure à celle des carpes.

Cette fable s'adresse aux hommes facilement trompés par l'apparence et la beauté.

La jeune perche :
C'est l'histoire d'une famille de perches , qui l'été arrivant, suivit le banc de petits gardons se réfugiant dans les herbes . Pas besoin de mouvements inutiles dans une eau chaude, la nourriture étant en abondance. Aux premiers frimas de l'automne, elles avaient coutume de sortir chasser au risque de tomber dans le piège du pêcheur ou sous les dents du brochet. La plus jeune dit à sa mère : « pourquoi voyager au risque de se faire prendre au lieu de rester près du garde-manger ? ». Elle répondit alors : « C'est en voyageant et en se mesurant aux autres que se fait l'apprentissage de la vie ».

Cette histoire s'adresse aux hommes qui prétendent tout savoir en restant collés à leurs chaises .

Les poules grasses :
Un habitant d'une petite ville possédait un poulailler avec cinq poules toutes du même âge. Lorsque l'une d'elles eut cessé de pondre, elle prit du poids et son propriétaire invita ses compères et fit une poule au pot. Des parfums de cuisson se répandirent dans le quartier : bouillaient avec la poule les carottes , le thym , le laurier .
L'une des restantes, plus intelligente que les autres, ne voulut pas grossir lorsqu'elle cessa de pondre pensant éviter la casserole. Elle fit donc grève de la faim.
Elle devint un mauvais exemple pour les autres et finalement l'éleveur la fit cuire pour la donner à manger à son chien .

Cette histoire s'adresse aux hommes qui veulent toujours repousser la fin de la fin en saluant la mort comme une ennemie et non comme une amie.

<u>Le gentil rouge-gorge :</u>
C'est l'histoire d'un gentil rouge-gorge suivant les pas du jardinier, sautant d'une motte à l'autre, grattant de ses pattes la terre nourricière pour picorer les bonnes graines. Une amitié naquit entre eux deux, l'oiseau se posant sur la main du jardinier qui lui offrait des vers bien vivants.
Le roitelet avait perdu son caractère sauvage pour devenir domestique et familier. Le chat du voisin un « anti-jardinier » confirmé n'eut aucune difficulté à le dévorer. La tristesse et l'ennui saisirent le pauvre homme qui dépérit .Il prit alors la décision d'adopter un chat qui ferait fuir celui du voisin.

Cette fable s'adresse aux voisins, méchants et haineux, qui diffusent leurs sentiments même aux animaux proches et qui les utilisent comme des armes.

<u>Les chats et le temps :</u>
Une maman chatte mit au monde trois bébés chats. Elle leur apprit les soins du pelage, l'hygiène au moment des besoins.
Un jour l'un des trois lui dit : « quand il fait trop chaud je transpire et j'ai du mal à respirer. » Le second enchaîna : « quand il pleut je ne peux pas sortir faire mes besoins et alors j'ai mal au ventre . »
Pour finir le dernier : « les courants d'air me glacent les os, je tousse ou j'éternue. »
La maman leur dit alors : « je ne suis pas maître du temps et ce sera à vous de vous adapter content ou pas . »

Cette histoire vaut à ceux qui contestent toujours les réalités du temps.

Les petits poissons

C'est l'histoire d'un brochet à chaque instant prêt à chasser un banc de gardons qui ne trouvaient jamais le temps de se reposer .

Un jour les gardons eurent l'idée de demander les services d'un sandre qui pourrait imposer la paix . C'est ce qu'il fit mais il y eu un prix à payer : sacrifier quelques éléments de leur communauté selon l'appétit du gendarme . Alors les gardons allèrent piéger quelques ablettes bien tendres et peu nerveuses afin de les offrir au sandre qui n'en vit que du feu.

Dans toutes les guerres et rivalités ce sont toujours les plus faibles qui en payent le prix le plus élevé.

Le merle blessé

C'est l'histoire d'un merle qui au cours d'exercices avec ses amis dans un bois dense se brisa une aile . Ne pouvant plus voler il se résigna à rester gratter le sol . L'un de ses compères lui dit ; « tu ne peux plus voler : comment vas tu faire pour éviter la morsure du chat ? » « je vais négocier avec lui et de plus , connaissant tous les bons coins où les graines sont abondantes je ne serai pas le dernier sur les lieux de repas ». « je pressens ce que tu vas dire au chat : tu vas lui indiquer les endroits où il peut facilement nous surprendre ». « que crois tu ? Je n'ai plus le choix ; pour moi c'est une question de survie ».Le merle qui avait interrogé le blessé appela à la rescousse le reste de la bande et de leurs becs ils achevèrent le malheureux .

Cette histoire s'adresse aux hommes niant la cruauté du monde .

Les hérissons pauvres et les hérissons riches :
C'est l'histoire de pauvres hérissons vivant sur une terre très sèche manquant de tout. Des hérissons riches vinrent de plusieurs pays leur apprendre comment cultiver le maïs, chercher les bons vers, soigner avec les bons médicaments.
À la fin les pauvres hérissons leur dirent : « nous savons tout cela déjà ; mais nous ne pouvons pas cultiver sans outil, acheter les médicaments, les engrais sans argent. »

Il est facile, à ceux qui possèdent et qui savent tout, d'écraser encore les plus vulnérables dans leur pauvreté.

Le concours de méchanceté :
Les animaux se réunirent un soir afin de voter pour celui d'entre eux qui serait le plus méchant envers les humains.
Chacun leur tour ils prirent la parole. Le lion : « d'un coup de patte j'arrache les membres d'un humain. »
La hyène : « d'un coup de mâchoires je tue facilement un homme en lui broyant le cou » !
La vipère : « je me retourne, je mords et très vite c'est fini pour lui » !
L'éléphant : « j'écrase qui je veux quand je veux et où je veux ».
Le moustique : « toi le lion, tu ne peux t'empêcher de rugir, on entend ton approche ; toi la hyène ton odeur est trop forte on sent ta venue ; toi la vipère tu es paresseuse, tu ne t'aventures pas trop. Et toi l'éléphant, la discrétion n'est pas ton fort. Moi, je m'approche d'eux lorsqu'ils sommeillent, guidé par leur respiration. Par une petite piqûre je transmets les pires maladies et ils meurent à petit feu. »
Il n'est pas besoin d'être costaud pour être le plus méchant.

Le vieux renard et le héron :
Depuis plusieurs jours un vieux renard souffrait d'une terrible rage de dent : la responsable étant une grosse molaire cariée .
Il rencontra par hasard un héron et lui demanda de lui arracher sa dent avec son long bec et son cou agile. Le héron, pris de peur lui dit : « je vais te faire très mal et tu peux avoir une réaction inattendue. »
Le renard lui répondit : « tu connais mon niveau d'intelligence ! Je sais bien que la dent une fois enlevée je n'aurai plus mal ».

Cette histoire vaut pour les hommes confrontés à un dilemme : rester tranquillement à souffrir ou souffrir un peu plus pour être libéré de toute douleur.

La fourmi :
Une petite fourmi avait un long chemin à parcourir, en chemin elle rencontra un scarabée et lui demanda s'il pouvait la porter. Celui-ci accepta mais il mit deux fois plus de temps pour arriver à bon port. La fourmi finit son voyage en pleine forme mais fut bien en retard à son rendez-vous et s'y retrouva seule, abandonnée.

Cette histoire vaut pour les hommes qui veulent atteindre leurs objectifs sans se fatiguer.

13

Réunion historique

L'histoire se passe dans le monde des animaux réunis à une date figurant au calendrier traditionnel .

La pie , de coutume curieuse , ouvre le débat en lançant à ses compères ; « Qu'avez-vous appris chacun de vous aux hommes ? »

Le serpent , d habitude très lent commence : « moi aux petits des hommes je leur apprend à tirer la langue sans arrêt et aussi à leurs parents à mentir sans retenue ».

Le paon ; « moi j'apprends à leurs femmes à être belles ...maquillage...coiffure...afin qu'elles paradent comme moi ».

Le cerf : « moi j'apprends aux hommes à faire la cour aux femmes : certains se débrouillent bien et en possèdent plusieurs ».

Le singe : « moi je leur apprend l'attachement corporel par des exercices érotiques afin qu'ils puissent connaître plaisir et volupté ».

La hyène : « moi je leur apprend à profiter des petits , des besogneux : ils ont été de bons élèves et ont amassé des fortunes au détriment des faibles ».

Le hérisson ; « je leur apprend l'ivresse et la consommation de toutes sortes de drogue ».

Le renard : « je leur apprend la ruse , l'art de tromper, la fraude . Ils sont très perfides et ils ont même réussi à me manipuler : ils ont trouvé mon abri et volé mes petits .On dit qu'ils cachent leurs biens mal acquis dans des sanctuaires secrets ».

Pour conclure la pie reprit «pourquoi ne leur avez vous pas appris l'intelligence du cœur ? »

Les amis répondent de concert : « ça ne les intéresse pas ils veulent apprendre pour profiter ».

Tant que les hommes ne voient pas éducation apprentissage en des termes de partage et de solidarité l'humanité restera dans la médiocrité et peut-être c'est qu'elle préfère !!

Le grand-père souris :
Un grand-père souris raccompagnait son petit-fils chez ses parents.
Le souriceau croisant une fleur demanda : « quelle est donc cette fleur si gracieuse? »
« Une anémone : elle pousse en plein vent ».
Et puis : « quelle est donc cette vilaine bête avec une coquille sur le dos ? »
« Un escargot et c'est sa maison qu'il transporte. »
Et puis : « Quel est cet arbre tout pointu ? »
« Un sapin avec sa tête très haute ».
Le jeune finissant : « Quelle est cette bête rampante devant mon pied ? »Et il tomba en marchant sur le lacet de la chaussure de son grand-père qui lui dit : « Avant de poser ta question observe bien le sujet qui t'intéresse ».

Il est de bon ton aux jeunes de poser des questions aux anciens mais aussi d'observer avant d'ouvrir la bouche.

L'âne et l'ânesse :
Dans un village au beau milieu de l'Afrique un âne célibataire aigri, servait tout le monde ; il souffrait des coups de bâton que petits et grands lui assénaient. Ses blessures suintaient, attirant les mouches ce qui n'était pas séduisant.
Il était très gentil, ne refusant jamais les corvées pénibles .
Un jour, une jeune et belle ânesse arriva d'un autre pays. Une foule de prétendants tourna autour d'elle mais elle préféra notre vieux célibataire.
Celui-ci fort surpris lui dit : « me choisis-tu par pitié ? ».
« Non je t'aime pour ce que tu es et non pour ton apparence ! »

Cette histoire signifie que l'amour dépasse tous les préjugés, les représentations sociales.

La maman couleuvre

Un jour une maman couleuvre apprenait à nager à ses enfants. L'une d'elles ne voulait pas mettre la tête sous l'eau, ce qui permettait pourtant de passer inaperçu. Sa mère lui dit :« tu dois savoir nager sous l'eau ; c'est une question de survie. Lorsqu'un humain essaye de te tuer avec un bâton tu dois pouvoir nager sous l'eau ».

Cette histoire s'adresse à tous ceux qui ne comprennent pas la signification du mot nager.

Les rats un peu trop malins

une famille de rats intelligents avait réussi chez un agriculteur récoltant blé orge, avoine ...ils avaient détourné tous les pièges tendus par le paysan et avaient stocké une petites réserve de céréales . Cela jusqu'au moment où une autre tribu de rats leur vola de la nourriture . Déçus , ils décidèrent de se venger et mirent leurs savoirs à contribution .Ils connaissaient l'emplacement des produits toxiques et en placèrent dans leur réserve .Ce qui fit rapidement périr la troupe des nouveaux arrivants. Heureux de leur succès ils firent une telle fête qu'ils en oublièrent d'ôter le poison de leurs festins et passèrent comme les autres de vie à trépas.

Quand les volés veulent se faire justice c'est parfois dangereux ; et quand les voleurs dévalisent leurs frères ....des mauvaises surprises les attendent.

Corbeaux et mouettes

Chaque fin d'année notre couple de mouettes s'installait pour quelques mois dans les terres et chaque année il croisait un couple d'amis corbeaux . Après les salutations d'usage le mâle corbeau perdant la mémoire vu son grand âge demandait à chaque retrouvaille à son homologue mouette la raison d'un tel nomadisme et à chaque fois il recevait la même réponse : « les riches propriétaires des belles maisons de bord de mer ont déserté la côte et à présent nous les suivons dans les terres : ce sont de bons consommateurs et dans leurs poubelles se trouvent de mets délicieux ».le corbeau essayait de relancer la discussion en plaisantant : « il est vrai que vous êtes des profiteurs distingués , au contraire de nous corbeaux qui sommes capables de nous acharner sur n'importe qu'elle charogne . Mais pendant quelques mois nous brassons le même   air et cela nous rapproche ».

Ce n'est pas la même choses chez les humains qui riches et pauvres foulent le même sol sans vraiment jamais se rencontrer se toucher.

Le vieux lion :
Une bande de lions chassait l'antilope. Souvent le grand-père lion réussissait à saisir sa proie rapidement au cou. Les petits enfants lions maladroits y parvenaient rarement. Les jeunes demandèrent à leur grand-père : « pourquoi rattrapes-tu aussi facilement l'antilope et nous non ? ».
Le vieux répondit : « j'ai appris la ruse ; vous, vous faites trop de bruit ; vous vous fatiguez à la course et moi j'ai encore de l'endurance. »
Les jeunes reprennent : « pourquoi tu nous laisses déchiqueter l'antilope d'abord et pourquoi tu viens après ? »
« je vous laisse commencer parce que mes dents sont usées. Je choisis les morceaux tendres une fois que vous avez retiré la peau. »

La morale de cette histoire est que jeunes et vieux sont faits pour travailler et vivre ensemble : il y a de la place pour tout le monde.

La souris enseignante :

La maman souris faisait la classe à ses petits. Elle leur parlait des émotions, du pathos reprenant l'énumération d'Aristote :la jalousie, la haine, la tristesse, l'amour, la joie etc...Un des souriceaux lui dit : « hier sur radio trou de souris j'ai entendu une souris scientifique parler des émotions comme si c'était elle qui avait tout inventé. »

« Mon fils, répondit la mère , tu verras dans les discours c'est une chose courante. Ils s'approprient ce qu'ont écrit les Anciens jusqu'à ce qu'ils soient persuadés que ce sont eux-mêmes qui l'ont inventé. »

Cette histoire s'adresse à ceux qui se prennent pour ce qu'ils ne sont pas, et qui ne sont que de simples « répètes jacots ».

L'élection du roi des animaux :

Arrive le jour de l'élection du roi des animaux.

Le lion s'arrangea avec la taupe qui avec ses pattes dispersa de l'argile rouge sur sa crinière. Il se présenta devant l'assemblée des animaux comme un soleil resplendissant.

Le chacal découvrant la supercherie dit au tigre son voisin :

« Observe la taupe à côté du lion, elle a les pattes de la même couleur que sa crinière ; comment peut-on faire confiance à ce prétendant au pouvoir capable d'un tel artifice pour parvenir au but ? »

Cette histoire s'adresse à ceux qui savent cultiver la forme au détriment du fond.

Cane et canards

Aux premières chaleurs du printemps tout renaissait dans le marais. Quatre canards courtisaient la même cane.Le premier des quatre par une envie pressante, à peine en place descendit aussi vite .Le second poussé par la concurrence prit rapidement son tour. Suite à ces deux premiers coups d'essai la cannette encore insatisfaite agita ses ailes aspergeant les derniers amants. Alors se produisit une attente au cours de la quelle les colverts protagonistes se mesurèrent ; intensité des couleurs ,longueur du cou , vitesse d'approche.....L'un se décida et la cane s'offrit sans défaillir . L'autre détournant son attention attendit patiemment la fin de la prestation . Il sût rapidement qu'il aura la meilleure part du gâteau lorsqu'il aperçut son concurrent décroché un peu l'air déçu et la femelle prenant son temps dans la récupération . Au début réticente elle devint très active .Et ce dernier couple le resta toute la vie.

Cette histoire s'adresse à certains trop hâtifs qui se perdent en un instant et à d'autres plus réfléchis qui reçoivent la bénédiction.

La mouette et le renard
C'est en bord de mer que cette histoire se passe. Un renard affamé mit la patte sur une mouette rieuse qui dans un dernier sursaut ne vit son salut que dans la ruse : « Si tu me laisses la vie sauve je t'indiquerai où traverser à marée basse et gagner une île où le gibier abonde, lapins , poules , faisans ...Acceptes si tu as vraiment faim »Ce que fit le renard. Sur les indications de la mouette le renard franchit le passage à gué sans difficulté.Et ce fût une débauche dans des repas somptueux. Après quelques longues digestions il eût grand soif et jamais ne trouvât sources ni petit ruisseau seulement de l'eau salée nauséeuse .Et ne pouvant plus revenir sur le continent il haranguat la mouette :: « tu m'as bien eu : je meurs de soif à présent » « Mais pas du tout j'ai seulement répondu à ta demande lorsque tu m'as dit que tu avais trop faim ».

Se méfier des solutions dans des situations d'urgence : on peut tomber dans d'autres pièges et c'est l'enchaînement fatal .

Un vaillant coq :
Un paysan avait hérité d'un coq vaillant qui du matin au soir montait avec ardeur les poules. Et à chaque succès il entonnait son chant victorieux.
La communauté toute proche ne supportait plus ce concert, monotone, tenace et fatiguant.
Un beau matin aux premières lueurs, le maître des lieux coupa le cou du fameux coq.

Cette histoire s'adresse aux hommes satisfaits de leurs conquêtes mais qui chutent comme les autres par manque de discrétion.

Histoire de belettes :
Le beau mâle belette qui régnait en maître sur sa tribu commençait à souffrir d'arthrose ; cela l'empêchait de dormir. Il charma tour à tour les belles qui le rejoignaient sous la couette. Il les épuisait par des séances d'amour incessantes et une fois bien endormies il leur tirait les poils les plus soyeux !
Et au bout de plusieurs nuits, il put se confectionner un bon matelas.
Cette histoire s'adresse aux hommes qui profitent des autres jusqu'au bout des ....

La famille gnou :
Une famille gnou régnait en maître sur tout le troupeau. Elle s'était accordée les services d'un lion solitaire qui terrorisait tous les animaux et en échange la noble famille offrait à dîner un bébé gnou bien tendre.
Un jour, le lion comme à l'habitude, accompagnant la famille retrouva son ancien désir de mâle en apercevant au loin une belle

jeune lionne et quitta son poste de gardien.
Très vite alors tous les membres de la famille gnou furent dévorés par des lionnes qui surveillaient le manège.

Cette histoire s'adresse aux hommes qui petits veulent devenir grands en s'octroyant les faveurs du puissant et qui tombent aussi vite que des mouches.

Le jeune renard :

C'est l'histoire d'un jeune renard qui ne voulait recevoir de conseil de personne même pas de ses parents. Il ne voulait rien entendre comme par exemple rentrer dans un poulailler la nuit, saigner une poule le plus discrètement possible, approcher une caille sans faire de bruit... Il passait ses journées à jouer avec les renardes ou à regarder télé-terrier. Monsieur désirait créer sa propre entreprise de « détroussage » de poules .
Vint le jour où il dut faire sa première expérience. Il attaqua le poulailler en plein jour et voulut passer par le toit (au lieu de gratter la terre pour faire un tunnel, de réfléchir et s'investir, trop feignant pour s'y mettre).
Le paysan- propriétaire le repéra facilement et n'eût aucune difficulté à lui envoyer de la chevrotine dans les fesses .

Cette histoire s'adresse aux jeunes débutants qui se heurtent à de gros problèmes suite à leurs manques de discernement, d'écoute de l'autre.

La petite hibou :
C'est l'histoire d'une famille hibou qui avait une fille chouette qui passait son temps, la nuit , à rêver sous la lune , au lieu de chasser les mulots avec ses parents.
Le jour ,elle dormait ,comme ses frères et sœurs. Les parents ,ne s'inquiétaient pas outre mesure car la petite grandissait. Une nuit,, elle prit son envol et se débrouilla bien mieux que ses frères et sœurs.

Nous , les êtres vivants de jour comme de nuit , nous rêvons, et c'est ce qui nous fait grandir.

La pie :
C'est l'histoire d'une pie qui ne voulait rien partager. Elle s'était constituée un trésor de différents objets, les uns sans valeur, les autres vraiment précieux. Ne pensant qu'à dérober tout ce qui traînait sur la route ,un jour trop affairée ,elle ne vit pas la voiture qui l'écrasa.
Cette histoire s'adresse aux personnes vénales qui, aveugles à la vie, incomprises des autres s'enferment jusqu'à se détruire.

Les petits rats :
C'est l'histoire de petits rats qui ne demandaient qu'à apprendre à l'école. Un jour, un des petits rats demanda à son maître : « connais-tu Boubou le rat qui débouche les tuyaux ? Il est analphabète et pourtant, il est très riche. »
« Cher petit, lui répondit le maître, vous êtes ici pour la richesse en esprit et la richesse du cœur. Nous ne pouvons pas grignoter un livre sans l'avoir déjà lu. Ainsi un livre, avant de nous remplir l'estomac, il nous nourrit l'esprit .Et on a besoin de Boubou qui a droit à notre respect et c'est logique qu'il s'enrichisse».

Cette histoire s'adresse aux intellectuels qui oublient vite que dans une société, il y a de la place pour tout le monde .

Réflexions dans la jungle :
Les animaux de la jungle se disputaient les restes d'un zèbre. À un moment, le vautour dit au lion et à la hyène : « arrêtons de nous battre pour des restes de viande ; battons-nous comme les humains pour des idées ».
Le lion répondit : « c'est juste ».
La hyène à son tour : « je suis d'accord mais pour quelles idées nous battrons-nous ? Nous sommes tellement différents ! ».

Cette histoire s'adresse aux hommes qui se battent pour des idées sans savoir exactement lesquelles.

Les deux canes voisines :
C'est l'histoire de deux canes voisines et amies qui couvaient de concert leur future progéniture. La naissance eut lieu au même moment. Les canetons s'éparpillèrent autour des deux mamans. Elles se dirent : « les premiers jours nos enfants ne vont pas savoir qui est leur vraie mère : nous allons les élever ensemble et puis le temps va faire son office, chaque petit saura reconnaître sa vraie maman ».

Cette histoire vaut à l'ensemble des humains dont les nouveaux-nés sont identiques à la naissance, l'œuvre du temps étant là pour faire la différence .

Le berger et son troupeau

C'est l'histoire d'un berger au milieu d'un pays désertique ne survivant que grâce à un puits profond et au lait de ses chèvres .

Mais un jour son père tomba malade et il fallut l'accompagner à l'hôpital de district . Les chèvres pleurèrent ce départ hâtif et promirent au berger de suivre ses recommandations , d'obéir à la jeune sœur . Au bout de huit jours de démarche accablante le jeune berger découvrit d'abord la ville puis l'hôpital où son père sans argent dû se contenter du minimum . Se protégeant la tête de ses mains il était effrayé par ces plafonds ; il ne connaissait que la tente et les étoiles . Il dut apprendre très vite comment traverser les chaussées avec ses monstres à quatre roues . Le danger était permanent et avec son air apeuré il était perçu comme un être à deux pattes venu d'une terre lointaine . On lui fit visiter la palais du peuple avec ses hautes marches , ses salles immenses débordant de luxe.

Ne pouvant payer en avance les soins pour son père celui-ci décéda rapidement et fut enterré aussi vite en terre neutre.De retour dans sa brousse il fut heureux de retrouver ses chèvres à qui il raconta toutes ses mésaventures.

Celles -ci lui répondirent ; « ton palais c'est ici au milieu des dunes et de ton troupeau. Toi seul est capable de nous raconter mythes et légendes .Tu nous endors au son de ta flûte et nous réveille de tes chansons aux accents divins . »

La modernité tue l'essentiel.

Deux jeunes lapins

C'est l'histoire de deux jeunes lapins amis qui vivaient près d'une rivière indomptée . Un jour celle-ci déborda et pour survivre ils grimpèrent aux arbres . Une fois hors de l'eau , l'un dit à l'autre : « nous devons bien nous accrocher : car si le sommeil me surprend et si je tombe ,je risque de périr parce que je n'ai pas eu le temps d'apprendre à nager.

L'autre répondit : « je vais bien m'accrocher mais je n'ai pas peur car pendant que toi tu t'amusais avec tes sœurs moi j'ai appris à nager « ».Ce qui devait arriver arriva . Le sommeil gagna nos deux amis . Le plus habile dans l'eau réussit à s'accrocher à une autre branche tandis que l'autre fut englouti dans les flots .

Cette histoire s'adresse aux hommes qui négligent la sécurité prétextant perte de temps , trop cher...Un jour ils paieront le prix fort.

La cigogne et la couleuvre

Une cigogne avait l'intention d'apprendre à ses petits la bonne manière de tuer une couleuvre : un coup de bec derrière la tête . Sur ses terres de chasse elle n'eut aucune difficulté pour en capturer une qui faisait sa sieste entre herbes et fleurs . La cigogne lui demanda de rester tranquille durant le transport dans les airs jusqu'au nid perché dans les hauteurs . Le reptile comprenant l'embrouille lui fit une proposition ; « tu me laisses la vie sauve et en contre partie je me laisserai faire pendant ta leçon ». La cigogne accepta le marché et ni une ni deux les deux compères se retrouvèrent devant les enfants cigognes.

La couleuvre coopérante ne les effraya pas malgré les explications mortifères de la mère.

Les jeunes apprentis apprirent si vite et si bien qu'ils tuèrent la couleuvre au troisième coup d'essai.

C'est forcément un marché de dupes lorsque l'on veut traiter avec bien plus fort que soi .

La vache :
C'est l'histoire d'une vache dont le jeune veau maigrissait à vue d'œil. Elle comprit rapidement la raison. La fermière lui tirait trop le lait et il en restait trop peu pour son petit.
Un jour, excédée, la vache lui asséna un méchant coup de patte elle ne la revit plus

Cette histoire vaut pour les états qui tirent trop sur leurs sujet et un jour les coups pleuvent.

Le lion très mâle :
C'est l'histoire d'un lion qui passait tout son temps à grimper sur sa femelle ; lorsque celle-ci fut pleine elle le repoussa. Alors il en trouva une autre et encore une autre...
Plus le temps ni de chasser ni de manger !
Alors il perdit sa vigueur de mâle, son enthousiasme et devint tout sec.

C'est aussi le cas chez les humains : lorsqu'un homme investit trop de son ardeur dans les femmes : elles l'épuisent et il rétrécit jusqu'à se consumer.

Le mulot et le chêne :
Un jour, dans la forêt, le vieux chêne se brisa naturellement, provoquant un bruit sourd et pénétrant. Les pigeons, bouvreuils, prirent leur envol, complètement sonnés , se dirigeant n'importe où. La biche et ses faons s'enfuirent à toutes pattes. Les voyant, le sanglier fit de même, puis ce fut le tour du renard.
Le mulot connaissant bien les parties aériennes et souterraines des arbres leur dit : «Stop. Après quoi courrez-vous ? Comment un bruit aussi naturel peut-il autant vous effrayer ? »

Il en va de même chez les humains qui avant d'analyser la nature du danger se mettent à courir.

Chez les chats
C'est l'histoire d'une chatte qui apprenait à ses petits comment faire sa toilette du matin. C'est simple on se passe la langue sur tout le corps : les poils anciens et sales ne résistent pas mais on est obligé de les avaler .
Si on est gêné, pour se faire vomir on essaie d'avaler un brin d'herbe, c'est radical.

Ce n'est pas la même chose chez les humains qui lorsqu'ils se font vomir ce n'est pas à cause de la toilette du matin mais plutôt à cause de la quantité de boissons ingurgitée la veille au soir .

Le berger et ses chèvres
C'est l'histoire d'un éternel voyageur croisant un berger avec ses chèvres.Il lui demanda : « j'ai parcouru de nombreux pays et j'ai vu les vaches brouter sans gardien et à chaque fois que ce sont des chèvres il y a un berger et cette fois -ci je vais avoir droit à une explication. » « les chèvres c'est le bétail des pauvres tandis que les vaches appartiennent à de riches propriétaires Et comme les pauvres elle se précipitent sur tout ce qui pousse , tout ce qui sort de notre mère à tous , la terre . Alors je suis là pour les éduquer afin qu'elles ne mangent que certaines branches des épineux et qu'elles épargnent les trop jeunes pousses ».

Sur terre la part des pauvres aura toujours besoin d'un guide d'un berger. Celle des riches peut s'évader se libérer et se multiplier encore plus facilement.

Le coq bienveillant

C'est l'histoire d'un coq qui voulait le bien de ses poules . La fermière un peu radine ne jetait qu'une seule petite poignée de blé devant le poulailler .Le coq désirait des poules bien grasses et conclut un marché avec madame la couleuvre qui devait faire peur chaque matin à la fermière. Et c'est ainsi que la fermière se présentant devant ses poules au moment de leur donner du blé vit la couleuvre ouvrant grand sa gueule : elle en laissa tomber le seau rempli de graines au grand bonheur des poules .En récompense la couleuvre pouvait gober un œuf bien frais .Cela ne fonctionna que quelques jours car un matin la fermière fut accompagné de son mari qui tua le reptile.Alors le coq indiqua au rat l'emplacement des réserves de graines : celui-ci ouvrit la trappe et tous se servirent.mais le chat ayant eu vent de l'affaire chassa l'intrus. Le coq à court d'idées attaqua directement la fermière munie du seau. Elle ne le lâcha qu'une seule fois car le lendemain le coq finit à la casserole.

On a beau vouloir le bien de son peuple , si les moyens manquent c'est la fatalité qui l'emporte.

La femme

Cette histoire commença il y a bien longtemps , du temps où les hommes inventèrent la lumière et l'installèrent dans leurs habitats : lampe à huile , bougies , torches . Les femmes se laissèrent pousser les cheveux , les enduisant d'huile parfumée et s'ornèrent la tête de parures . Elles prirent grand soin de leurs corps ; la lumière les enveloppant d'une beauté remarquable . Certaines aux cheveux bouclées étaient recherchées et glorifiées par les mains du sculpteur ou de l'artiste peintre et rivalisèrent en charme .

Des hommes tenteront un retour aux heures sombres en imposant des règles de camouflage . Rien n'y fera : la beauté de la femme sera toujours exaltée par sa chevelure , ses bijoux , ses yeux expressifs et illuminés par la lumière des vivants .

<u>Difficultés dans un élevage</u> :
C'est l'histoire d'un élevage de chèvres pas très ordinaire. Cela commença par quelques chèvres qui passaient leur temps à se lécher la barbe et la moustache au lieu de brouter les herbes parfumées. Le fermier eut l'idée de se laisser pousser la barbe et la moustache. Les caprins le voyant cessèrent leur jeu malsain mais se mirent alors à se frotter les cornes les unes aux autres. Le fermier accrocha à son chapeau deux vielles cornes qui traînaient dans la cour. Le voyant les chèvres stoppèrent net leur « frottis-frotta » . Mais un jour elles entreprirent de se caresser le derrière. Le pasteur choqué par un tel comportement se fixa des plumes entre les fesses , ce qui fit arrêter les actions déplacées des chèvres .

La morale de cette histoire est qu'un jour si vous apercevez un éleveur de chèvres ,barbu avec deux cornes au dessus du crâne et des plumes au derrière, vous saurez pourquoi.

Le cheval de trait :
C'est l'histoire d'un cheval de trait qui avait du caractère. Au moment des fenaisons il renâclait, geignait sur les tâches à venir. Il prenait son temps pour tirer la charrette et faisait mine d'être malade. Quand le temps des labours arriva, il lui fallut tirer dur le socle de la charrue. Le matin, il demeura couché.
Alors le paysan décida de le vendre à un maçon qui le chargea encore plus. Le cheval dépressif, maigrit. À son tour, ne faisant plus l'affaire le maçon le vendit au boucher qui en fit du saucisson.

Cette histoire s'adresse aux travailleurs de servitude , glaneurs de miettes qui au moindre sursaut d'indignation et d'amour-propre terminent au plus bas et au plus mal .

Les jardiniers jaloux
C'est l'histoire de deux jardiniers jaloux l'un de l'autre. Quand l'un voulut cultiver des potirons, l'autre fit de même. Cette rivalité se transforma en un concours du plus beau potiron. Les passants comparaient, mesuraient sans pouvoir départager les deux protagonistes.
Leurs esprits étaient tant accaparés dans cette quête du meilleur jardinier qu'ils ne pensèrent même pas à la récolte et aux premières gelées , les potirons pourrirent.
Une petite fille au bord du chemin les raisonna : « votre folie va jusqu'à laisser perdre vos beaux légumes au lieu de les mettre dans la cave ou les donner aux voisins . De plus ça sent mauvais quand on passe dans le chemin. »
À ces mots les deux compères ouvrirent les yeux et promirent de partager , d'échanger au lieu de se mesurer .

La jalousie des hommes leur fait perdre l'essentiel : vivre en harmonie .

Petit pays :
C'est l'histoire d'un petit pays très pauvre mais fort délicieux. Les habitants avaient décidé de ne plus avoir d'hommes à képi mangeant le pain des autres, effrayant les enfants par leurs défilés. La vie alors devint douce. Mais un groupe étranger lourdement armé rentra dans ce si beau pays, tuant la plupart des hommes valides, pillant , abusant des filles. Les survivants pleurèrent et regrettèrent leurs choix.

Lorsqu'un pays n'accepte plus ses képis, ses bérets rouges, verts, ou bleus : il doit faire bien attention car un jour il n'y a plus de têtes pour les porter.

Depuis déjà longtemps :
C'est l'histoire d'un groupe de bonobos qui à la moindre occasion passait un bon moment à copuler. Des girafes se promenant par là leur demandèrent toutes étonnées : « nous ne comprenons pas pourquoi vous passez la journée à faire l'amour alors que nous-mêmes nous devons élever nos girafons peu dégourdis , nous craignons pour leur avenir... alors nous limitons ce genre d'exercice au minimum. »
Les singes répondirent : « nous faisons cela pour nous réconcilier, pour mieux nous connaître et favoriser les liens entre nous car nous sommes un groupe uni. Nous ne vous comprenons pas car nous vous voyons très solitaires dans la savane . »

Cette histoire vaut pour les humains qui depuis des millénaires se posent la question : « Girafe ou Bonobo ? »

Un jeune rat :

C'est l'histoire d'un jeune rat qui se plaignait toujours de l'école des rats : c'est difficile, c'est fatiguant, ça donne mal au crâne. Il quitta l'école pour aller travailler :aménager les tunnels, chercher la nourriture pour les enfants etc...

Au bout de plusieurs jours il dit : « en plus d'avoir mal au crâne j'ai mal partout : à mes pattes, à mon cou, et mon ventre est tout crispé ; je n'en peux plus. »

Cette histoire s'adresse aux hommes qui s'imaginent que l'effort se produit sans souffrances .

Les papillons :

C'est l'histoire de papillons du bout du monde. Leur beauté était convoitée par les humains qui réussirent à les trouver. Les papillons leur demandèrent : « pourquoi vous voulez- nous capturer ? » Les humains répondirent : « vous incarnez la beauté éphémère, la légèreté des couleurs : tout ce que nous voulons connaître ».

Les papillons reprirent : « sachez, vous humains , que vous chassez aussi l'éternité car nous sommes immortels : avant de devenir papillons nous étions chrysalides et encore avant chenilles. .. Laissez-nous vivre notre immortalité ».

Les humains sont attirés par la beauté, l'harmonie ; mais caché tout au fond il y a peut-être plus.

Le maître des animaux :

C'est l'histoire du maître des animaux : le lion , qui recevait constamment les plaintes des uns et des autres à propos de la fréquentation de l'unique mare .

La hyène se plaignait de l'éléphant qui transformait le sol ferme en boue, l'antilope gémissait d'être attaquée par le léopard quand elle baissait la tête pour se désaltérer, la girafe se lamentait de très mal circuler autour de la mare vu l'encombrement , les oiseaux protestaient contre les zèbres surexcités qui ne faisaient que bouger, sauter autour de la mare. La savane pouvait s'embraser...

Le lion décida alors de convoquer les représentants des différentes catégories afin de mettre tout le monde d'accord ou du moins d'éteindre la fronde.

Il comprit très vite qu'il ne réussirait jamais à contenter tous les sujets et donc à chaque nouvelle lune il organisait une nouvelle réunion sachant qu'elle n'aboutirait jamais mais cependant le conforterait dans sa position dominante.

Cette histoire s'adresse aux gens de pouvoir qui se plaisent dans des réunions, des commissions vaines mais trompeuses, l'immobilisme étant une garantie du pouvoir.

Les abeilles :
C'est toute une histoire qui s'était passée dans une ruche. Un groupe de soldats en mal d'affection, s'ennuyant eût l'idée de mettre du miel à fermenter et d'en extraire une boisson alcoolisée. La situation au sein de la ruche se dégrada rapidement : des bourdons étrangers rentraient, sortaient à volonté ; toutes sortes de débris jonchaient l'entrée, pas d'heure d'ouverture ni de fermeture.

Devant cette anarchie croissante la reine demanda l'aide de la reine voisine qui lui envoya un groupe de belles abeilles chargées de servir de compagnes aux soldats rebelles. Rapidement tout rentra dans l'ordre .

Les abeilles ouvrières ne comprirent pas cette démarche et dirent aux reines : « nous sommes exemplaires dans notre travail et vous récompensez les rebelles de la ruche !»

Les reines répondirent : « nous ne pouvons pas appliquer tout le temps les règles par la violence. Nous devons essayer d'abord la douceur, la diplomatie , les explications »

Cette histoire s'adresse aux dirigeants des pays qui ne comprennent pas ces communautés déformant les règles ; ils leur envoient les représentants de la force alors que des démarches empathiques peuvent résoudre bien des problèmes.

Histoire de cycle

Au début, les animaux régnaient sur terre asservissant la race humaine.

Les animaux s'ennuyaient et eurent l'idée de construire un manège et de se servir des hommes comme de jouets. Les animaux s'amusèrent, s'amusèrent et les humains souffrirent en silence mais en même temps ils commencèrent à mieux connaître leurs maîtres.

Un jour ils se révoltèrent et prirent rapidement le dessus. De l'idée du manège ils eurent le projet de dresser et de domestiquer les animaux les plus prometteurs. Ils leur firent travailler la terre, porter de lourdes charges, courber l'échine.

Les animaux regrettèrent le temps passé durant lequel ils s'amusaient si bien. C'était au tour des humains de profiter.

Et le prochain tour, à qui profitera-t-il ?

Au tout début : C'était il y a fort longtemps. Les dieux achevaient de poser les dernières touches de vie sur la planète Terre. Ils avaient créé une source d'eau vivifiante et l'avaient confiée à une nymphe reine des sources : Néa. Seuls les animaux avaient le droit de s'y désaltérer, leur durée de vie était bien plus longue que celle des humains miséreux et souvent malades.

Un jour, un jeune homme au nom d'Alté beau et svelte réussit à domestiquer un couple de chèvres et devint ainsi le premier berger. Néa tomba amoureuse d'Alté qui put ainsi boire à la source vertueuse. Ils mirent au monde beaucoup d'enfants et c'est ainsi que les hommes réussirent à repousser les animaux loin de la source. Les hommes se disséminèrent aux quatre vents comme bergers nomadisant. Les animaux devenus sauvages se replièrent dans les forêts menant une vie précaire .

Cette histoire nous montre que les grands changements sur terre commencent toujours par une histoire d'amour entre les dieux et les hommes.

La méprise

C'est l'histoire d'un couple de jeunes paysans qui s'installa sur une terre reculée et vraiment ingrate. Personne jusqu'alors n'avait produit ni légumes ni céréales. Toute tentative de culture était vouée à l'échec.

Une colonie de sangliers retournant, labourant cette terre parsemée de cailloux, la femme interdit à son homme de les chasser ayant l'intuition qu'ils feraient le travail de la charrue.

Après le départ des sangliers ce fut une colonie d'oiseaux qui par leur fientes engraissa la terre. La femme eut la même réaction envers son mari qui après le passage des oiseaux sema directement l'orge, le blé et l'avoine. Tout poussa en abondance jusqu'au moment de la récolte.

Un troupeau de chevaux sauvages se présenta face au champ. La femme dit :

-« Ne bouge pas. Ces chevaux vont nous récolter l'orge, l'avoine et le blé. »

Il n'en fut rien. Les étalons saccagèrent tout le champ au grand dam de ses propriétaires.

Cette histoire vaut pour les hommes qui pensent que la bonne fortune va constamment leur sourire et qui ne font pas les bons choix par orgueil ou par amour propre .

Les climats : C'était il y a fort longtemps. Les dieux avaient créé notre planète sur laquelle régnaient en parfaite harmonie un monde végétal et animal. Du nord au sud tout se ressemblait la terre était bien calée dans son axe : les hommes vivaient tous de la même façon avec les mêmes habitudes culturelles et alimentaires. Un dieu étranger rentra dans notre système solaire et s'amouracha de Vénus : ils passèrent des centaines d'années dans des étreintes amoureuses. Ils y mirent tant d'énergie, tant d'ardeur que soufflèrent des vents cosmiques infernaux. La terre secouée se coucha sur son axe ; ainsi naquirent les climats. Des forêts impénétrables montèrent vers les

35

cieux. Seuls de très petits hommes pouvaient s'y installer. Vénus découvrant les conséquences de ses ébats amoureux mit au monde le peuple Pygmée. Les petits hommes, hauts comme le poing, vécurent en symbiose dans leur environnement développant des connaissances innombrables dans le monde des vivants. Leurs chants envoûtant, rebondissant d'un arbre à l'autre, inspiraient le respect tout en décidant de la vie ou de la mort sur tout être vivant. Les Pygmées murmuraient des mélodies à la surface de l'eau qui transportait le message au plus profond de la forêt. Petits qu'ils étaient ils détenaient l'autorité. Vénus très heureuse de sa création invita quelques Pygmées dans son paradis terrestre. A présent on l'aperçoit entourée de ces charmants petits êtres.

Cette histoire s'adresse aux hommes qui s'aventurent dans la grande forêt : qu'ils écoutent bien : ils seront surpris par les mots magiques des enfants de Vénus chuchotant dans le creux de leurs oreilles.

Le renard et l'orage
Tout a commencé il y a bien longtemps. Notre monde était en pleine effervescence : les choses se mettaient en place. Régulièrement, Zeus, le grand générateur du ciel, lançait ses foudres contre ses propres créatures, les asservissant selon sa volonté. Un jour, tout était devenu sombre, le seigneur de l'Olympe, s'échauffait soigneusement. Le renard, surpris par la pluie et la tempête, tentait de regagner son terrier ; soudain la foudre s'abattit de toutes parts. Face à lui des vaches réfugiées sous les arbres furent saisies,foudroyées. En voyant l'éclair tombé sur l'arbre et ensuite sur les vaches, le renard comprit très vite le danger du sous-bois et resta bien à découvert au beau milieu du pré. Mais fier de son état, il osa défier le ciel en relevant sa belle queue ambrée. Zeus, imperturbable le corrigea en grillant les longs poils de son éminence effrontée. Et c'est depuis ce jour que l'on voit circuler les renards sous la pluie la queue basse.

Les humains ont depuis repris l'exemple du renard restant à découvert sous l'orage. Certains, prudents, s'allongent sur le sol boueux. Mais ceux qui essayent de porter armures, épées ou bâtons sont vite repris par le dieu tout puissant.

<u>Les deux rochers :</u>
C'est l'histoire de deux gros rochers bien éloignés, réussissant malgré tout à communiquer.
L'un habite au bord d'une plage de l'Atlantique, l'autre au pied d'un glacier des Alpes. Le premier dit à l'autre : « je souffre de ces flots impétueux qui me violentent jour et nuit. Le pire c'est quand la lune éclaire les vagues, elles deviennent encore plus méchantes ». Le rocher montagnard lui répond : « et quant à moi écorché par ces glaces, ce froid mordant je suis torturé . Nous ne méritons pas ce triste sort : c'est bien nous qui avons créé cette planète, nous les Géants qui avons vu naître les animaux, les plantes, les petits humains, nous qui avons supporté les eaux profondes et les terres argileuses. »

Cette fable s'adresse aux humains qui devraient étendre leurs corps sur les rochers géants afin d'écouter leurs complaintes. Ils apprendraient ainsi l'histoire de la planète Terre .

<u>Maîtres et serviteurs :</u>
Cette histoire se passe au temps des batailles renommées d'Alexandre le Grand. L'action de sa cavalerie était déterminante dans l'issue du combat. Un jour Bucéphale, le cheval d'Alexandre dit à Pangnos le cheval de Prolémée : « N'as-tu pas remarqué que le sang des humains qui coule de leurs blessures est identique au notre ?».

À son tour Pangnos : « oui, bien sûr et n'as-tu pas, toi, observé que le notre coule davantage sans nous faire trop de mal, signe que nous sommes plus forts qu'eux ».
Bucéphale reprit : «À chaque victoire naît une ville nouvelle au nom d'Alexandrie et non de Bucéphalie, signe que ce sont eux les vrais maîtres , que ce sont eux les plus forts ».

La puissance ne se mesure pas à la quantité de sang ou de muscle mais à la force et à la détermination de l'esprit.

Une pauvre araignée
C'est l'histoire d'une pauvre araignée par un matin d'hiver .Le givre avait tout saisi , rameaux des arbres, jeunes pousses et aussi sa toile devenue toute raide . Le soleil commençait à poindre le bout de son nez . L'araignée l'appela : « grand maître ; tu serais bien aimable de m'envoyer un rayon pour dégeler ma toile toute engourdie ». Le soleil ravi d'être sollicité réchauffa très vite l'air baignant la toile qui tomba au sol et se brisa en mille morceaux.

Avant de s'adresser au plus puissant allons voir les intermédiaires .

La baleine et l'oiseau
C'est l'histoire d'une baleine prise au piège de la marée basse dans un golfe étroit. Craignant de finir séchée au soleil, elle demanda au goéland de lui indiquer le meilleur passage pour sortir de cette impasse. Celui-ci lui répondit : « pourquoi moi oiseau j'aiderai une baleine ? qui plus est, le plus gros des animaux ? Que me proposes-tu en échange ? »
« je te promets le plaisir des yeux : rien de plus » répliqua la baleine résistant à la panique.
Le marché conclu, le goéland prit de la hauteur et trouva rapidement l'issue.
Une fois hors de danger la baleine lui fit une démonstration de plongeons, d'envolées de nageoires, de jets d'eaux interminables et notre oiseau en fut ravi.

Cette histoire s'adresse aux humains qui même soumis à d'importantes différences peuvent trouver des espaces d'entente, se faire de petits plaisirs .

En Bretagne

L'histoire se déroula dans un pays d'eaux de lumière et de vents : la Bretagne . Une mésange aux couleurs chatoyantes fut surprise par une tempête et des pluies diluviennes au beau milieu d'un champ . Elle eut la bonne idée de se réfugier au cœur d'un choux fleur . Elle se délecta des cotylédons et s'endormit protégée des longues feuilles épaisses . Elle se réveilla dans la cuisine d'une famille bien de chez nous , le choux fleur récolté rapidement et vendu sur le marché . La maîtresse de maison surprise entreprit d'enfermer la mésange dans une cage qu'elle avait déjà . L'oiseau mécontent lui demanda les raisons d'une telle démarche : « pourquoi ne me rends tu pas la liberté au lieu de confiner dans ce lieu réduit ? » « je le fais parce que je veux profiter du spectacle que tu m'offres . La robe de tes plumes est éclatante dans les jeunes et les bleus . Tu respires la vie et la fraîcheur et c'est grâce à Dieu que tu nous es apparue . »

La mésange à peine essoufflée lui expliqua avec amitié : « femme, regarde toi dans les yeux de ton mari , tu es toi aussi rayonnante . Tu inspires beauté, amour . Ta peau est douce , son vernis scintille ,tes seins ronds et fermes , tes jambes longues et fines , ta chevelure ondulante aux reflets d'argent . Jamais Dieu ne permettra que tu vive cloîtrée à l'abri du regard des autres . Il a créé le bonheur pour tous les êtres vivants . » Convaincue la femme libéra la mésange .

Cette histoire s'adresse aux enfants de Dieu ignorants et malveillants qui ne veulent reconnaître en l'art et la beauté l'esprit du créateur .

Attention :bête méchante

L'histoire se passe autour de la mare près d'une ferme réputée dans la région .

Une grenouille perverse, habitée par le malin recherchait succès et gloire.

Douée de talents musicaux elle créa une chorale avec l'aide de ses congénères.

Ce fut un enchantement à la tombée du jour. Chaque soir les résidents étaient émerveillés du concert donné par les batraciens .

Mais un soir la méchante grenouille organisa une fête en ayant pris soin d'inviter les hérons. Elle fit chanter son chœur jusqu'à épuisement. Les hérons n'eurent aucune difficulté à gober les choristes fourbus. Comme elle l'avait voulu, elle se retrouva seule à coasser. Mais l'harmonie était brisée. Les voisins perturbés ne parvenaient plus à dormir. Un paysan profitant d'une faible lumière se saisit de son fusil et tua la dernière grenouille mélomane.

L'histoire nous montre que si l'équilibre des choses doit son origine à un projet discordant ; il n' en sera que trop éphémère .

Les cigales et les campagnols

Tout a commencé dans un pays au bord de notre mer si belle : la méditerranée. Les beaux jours venus, de leurs chants rythmés les cigales accompagnaient les travaux agricoles : « tettix, tettix ,tettix », onomatopée transmise par nos anciens.

Aimant particulièrement la sieste, des campagnols fatigués par la chaleur et le vacarme des cigales décidèrent d'émigrer plus au nord afin d'échapper à tous ces embarras. C'est ainsi que furent créées des colonies de campagnols loin de l'habitat des cigales.

Mais les hivers étaient longs et le soleil d'été si timide. Certains campagnols retournèrent au sud préférant les siestes dans le bruit plutôt que dans le froid.

De la même façon, les humains résidant au bord de la Grande Bleue doivent s'attendre à des nuits agitées, le soleil ayant exercé le jour son travail d'excitation.

40

Drôles d'oiseaux :
C'est l'histoire d'un groupe d'oiseaux hauts sur pattes, postés au bord de l'eau et occupés à jacasser en regardant le fond de l'étang.
Passant par là, un renard leur demanda ce qu'ils faisaient. Ils répondirent tous en chœur : « nous bavardons avec nos frères du fond de l'étang » .
« Imbéciles que vous êtes, reprit le renard, ce sont vos reflets à qui vous parlez ».

Cette histoire s'adresse aux hommes qui passent leur temps en des discours devant leur miroir pensant être les meilleurs sans jamais écouter les autres.

La chance du bon côté
C'est l'histoire d'un petit homme qui se disait né sous une mauvaise étoile. Malheur sur malheur se succédaient et il n'en voyait pas la fin.
Il décida un jour de consulter une chiromancienne qui après avoir écouté le personnage et observé les lignes de la main gauche lui prédit tout autant de peines.
Après quelques temps, n'en pouvant plus il se confia à la voisine, une femme sensée . Elle constata : « la chiromancienne t'a ouvert la main gauche mais il te reste la main droite... Au lever regarde ta main droite et parle-lui : elle te sera d'un grand réconfort ».
À partir de ce jour notre petit homme ne rencontra que succès et sourires.

Cette histoire s'adresse aux hommes qui ont perdu tout espoir alors qu'il y a toujours moyen de rebondir.

Le lapin des champs et le lapin des villes :
C'est l'histoire d'un lapin des champs désirant rendre visite à son cousin habitant la ville. Jojo des champs se perdit plusieurs fois avant d'arriver chez Coco des boites. Après l'avoir salué, il lui dit : «comment peux-tu vivre sous ces empilements de béton , dans des trous aussi sales et gluants ? »
Coco lui répondit : « je sais bien : je survis ,et je ne connais pas autre chose».
Jojo reprit : « pauvre de toi ! Tes yeux sont toujours tournés vers le sol alors que moi à la campagne je ne me lasse jamais de regarder le ciel, les nuages, les sommets des arbres. Sache que ce sont les oiseaux qui me réveillent le matin».

Cette histoire s'adresse aux citadins qui ne lèvent plus la tête vers le ciel trop occupés à surveiller ce qui se passe face à eux.

Chez la famille aigle
Un seigneur aigle nichait à la lisière de la grande forêt Africaine . Avec maman aigle ils avaient en toute conscience décidé du moment exact de la naissance de leurs petits . Cela devait à chaque fois coïncider avec la migration des roussettes ,source de nourriture facile à prendre et très énergisante . Mais elles tardaient à venir et les aiglons nés récemment , dépérissaient à vue d'oeil .Enfin au loin une immense clameur se fit entendre ; c étaient bien elles et avec elles la vie allait reprendre.
Chaque année la question revenait : naître ou ne pas être.

Chez les humains on parle maintenant de grossesse désirée : une immense avancée sociale ….dommage qu'elle ne bénéficie pas au plus grand nombre.

Vivre selon sa foi !

C'est l'histoire d'hirondelles bavardant entre elles, serrées les unes aux autres, sur un fil électrique. L'une s'exclama un jour : « que les humains sont gentils ! Ils tirent des fils entre des poteaux pour nous permettre le repos entre nos chasses à la mouche ».

Mais c'est aussi l'histoire de poissons d'eau-vive remontant la rivière grâce à des échelles spécialement conçues pour cela. L'un après avoir franchi sans problème l'obstacle dit aux autres :-« que les humains sont gentils !Ils ont construit cet ouvrage qui nous fait remonter le courant de la rivière ».

C'est encore l'histoire de vaches discutant dans la salle de traite : « que les humains sont gentils ! Ils soulagent nos pis lourds et rendus douloureux par la pression du lait et en plus ils nous donnent à manger ».

Cela pour nous montrer que tout n'est qu'apparence, interprétation subjective. La réalité des choses n'est pas toujours celle que l'on croit.

Le cerf et l'ours :
Le printemps se déclara très tardivement cette année-là et c'est alors que par hasard se rencontrèrent un cerf élégant et un ours balourd . Le cerf fier de sa hauteur et de sa tête couronnée engagea la conversation : « que fais tu ours baveux ?? » « je me délecte de ces poissons prisonniers dans les branches et toi cerf insolent, que fais tu ? » « je me régale de ces bourgeons qui me donnent des yeux délicats et une peau brillante . Je me prépare à courtiser les femelles .Observe mon port de tête , mon raffinement dans la démarche. Je n'éclabousse pas l'eau comme toi ; je la caresse de mes jambes fines . Toi avec ta bouche baveuse, tes yeux hagards , ta respiration bruyante tu n'as rien d'attirant ».
L'ours lui répliqua avec empressement : « oui je sais tout cela . Mais je suis aussi capable de punir ton arrogance car tu oublies que si ma course est lourde et sans grâce elle est suffisante pour t'attraper . Tu oublies aussi que contrairement à toi je mange aussi la chair des quatre pattes . »

Et comme prévu l'ours s'empara du cerf et l'écartela .

Cette s'adresse aux suffisants qui s'exposent sans vergogne et qui s'abîment sans comprendre .

La splendeur éternelle des femmes
Cette histoire débuta il y a fort longtemps, du temps où les hommes inventèrent les premières lumières et les introduisirent dans leurs chaumières ; lampes à huile , bougies , torches etc...Les femmes se laissèrent pousser les cheveux les enduisant d'essences parfumées et s'ornèrent de lourdes parures.
Elles prirent grand soin de leurs corps , la lumière les enveloppant d'une beauté remarquable . Certaines aux cheveux bouclées étaient recherchées et glorifiées par les artistes , peintres sculpteurs. Elles rivalisaient en charme. Certains essaieront un retour aux heures sombres en imposant des règles de camouflage .

Rien n'y fera : la beauté de la femme sera toujours exaltée par sa chevelure , ses bijoux , ses yeux expressifs et trans illuminée par la lumière du vivant.

O ù se cache la vérité ?

Deux peuples vivaient en symbiose l'un près de la rivière l'autre dans les terres . Le peuple de l'eau constitué de pêcheurs avait pour totem le crocodile . Les enfants pouvaient se baigner sans danger . On racontait même qu'un jour un crocodile sauva de la noyade une jeune fille imprudente . Plus loin le peuple de la terre , des agriculteurs, vivait de fruits et légumes cultivés : bananes , manioc , arachides etc...et avait pour totem le python à la fois gardien à la fois agent d'entretien car les débarrassant des vermines et parasites .

Parfois les jeunes des deux villages se rencontraient et nouaient des relations amoureuses A chaque mariage les deux familles faisait sculpter statues de crocodile et de python qui étaient ensuite sacralisées par les sorciers respectifs . Les couples gardaient précieusement les représentations de leurs totems .

Des gens de couleur différente se disant civilisés , voyant la dévotion accordée à ces statues accablèrent de tous les maux ces jeunes couples . Ils s'emparèrent des idoles , en firent un grand feu et les endoctrinèrent sur une religion étrangère   .Le lien fut rompu ; beaucoup d'enfants perdirent la vie dévorés par les crocodiles ou étranglés par les pythons .

Celui qui croit détenir la vérité absolue sait-il qu'il est un assassin en puissance ?

Questionnement

C'est l'histoire d'un grand magicien bien réputé .Régulièrement il consultait ses collègues , scrutait les astres et vérifiait dans les livres l'avènement des grands bouleversements Un jour il sentit l'approche sur terre de grands troubles sans dire exactement la date de l'avènement.Il rassembla sa femmes et ses enfants au sein d'une ferme . Il savait que les animaux seuls étaient capables de l'avertir . Il accueillit cerf , renard , sanglier , carpes, etc...

Chaque jour il observait le comportement de ses hôtes ; un matin il vit les animaux énervés , ensemble se concertant . Le sanglier fut envoyé en ambassadeur et dit au magicien : « demain la terre tremblera et sera recouverte d'épais nuages toxiques qui empêcheront toute culture . Fais tes réserves et protège les tiens « ».Le magicien rapidement s'activa . Comme l'avait prévu l'assemblée des animaux l'obscurité recouvra la terre et la famine s'abattit sur les populations . La famille du magicien résista mais un jour la nourriture manqua et le magicien se résigna à tuer les animaux amis .Le sanglier percevant le doute lui dit : « nous t'avons sauvé et maintenant tu veux te nourrir de notre chair : méritons nous un tel sort ? »

L 'homme lui répondit : « je vous ai remercié du fond du cœur à chaque lever de peu de soleil mais je reste profondément humain et je dois survivre à tout prix . Si je vous sacrifie c'est pour mieux vous honorer. »

Et l'homme exécuta ses anciens amis.

Les animaux connaissent l'homme pour son peu de gratitude , son peu de fidélité et pourtant ils le servent toujours avec ferveur . Dans l'affaire qui est le plus humain ?

Chien et chats :

Deux chats dans une ferme se moquaient bien du chien gardien de troupeaux qui travaillait péniblement chaque jour. Le chien leur dit : « j'admets d'être épuisé par mes missions de gardien mais chaque soir le fermier me prépare une bonne pâtée pendant que vous-mêmes, êtes obligés de chasser les souris pour manger ».

Les deux chats se dirent l'un à l'autre : «nous adorons les sardines, proposons au maître de garder la maison en échange d'une ration de poissons ». Le fermier accepta l'offre ; les chats mirent un terme à leur fonction antérieure et les souris pullulèrent.

Un soir par hasard le fermier surprit des voleurs s'introduisant dans la maison alors que les chats ronronnaient tranquillement. Les chats, suite à de bons coups de pied mérités furent priés de revenir à leur sort d'origine .

Cette histoire s'adresse aux hommes prétentieux croyant savoir tout faire et qui échouent à la première initiative.

Une visite chez les hommes

Cette histoire se déroula il y a peu de temps au milieu d'une réserve d'animaux sauvages en Afrique . L'eau manquait provoquant la mort . Les éléphants n'avaient plus la force de creuser le sol pour trouver des sources . Les girafes manquant d'ombre étouffaient sous une chaleur suffocante . Le grand seigneur des lieux décida d'envoyer une délégation sur les terre des hommes afin d'enquêter sur l'avenir de tous . Il choisit l'antilope la girafe la hyène et l'aigle royal . Au bout de trois années ils remirent leur rapport au lion .

L'antilope : « l'air chez les hommes est irrespirable ; mon amie la girafe m'a réanimée de nombreuses fois en me soulevant là où il y plus d'oxygène . Le peu d'eau à boire suffisant pour survivre avait un goût de produits chimiques ».

La girafe ; « moi j'ai besoin d une plus grande quantité d'eau : j'en ai souffert d'autant plus . J'ai pu grignoter les feuilles des arbres mais elles étaient insipides et peu nourrissantes . De ma hauteur j'ai pu observer le comportement des habitants dans leurs tours de béton : maladies , disputes , bagarres jusqu'au meurtres : de vraies bêtes sauvages ».

La hyène : « ce séjour auprès des hommes ne fut que du bonheur : les commerces , les particuliers jetant de la nourriture:j'ai pris des kilos et revivre dans cette brousse ce ne sera pas facile pour moi ».

L'aigle : « mon Dieu les courants d'air chez les hommes quelle horreur!!!leurs oiseaux métalliques hurlant m'empêchant tout repos!!! je fus intoxiqué par les fumées et saletées sortant des cheminées . J'ai survolé plusieurs pays et j'ai remarqué de grands mouvements de population . On m'a dit que c'était dû à la montée des eaux marines ».

Le lion répondit : « j'en sais assez : ne soyons pas résignés et allons leur apprendre à vivre en respectant notre terre commune à tous ».

Deux pies

C'est l' histoire de deux pies discutant de leur mode d'habitation et de vie en général . La première avait fait son nid au faîte d'un arbre très haut et la seconde dans une haie basse et touffue.

La première ; « de là haut j'observe les enfants qui laissent tomber leur biscuit ou la grand-mère qui oublie son pain sur le bord de la fenêtre ou l'ouvrier fatigué et affamé qui mange trop vite perdant pour lui-même une partie de son sandwich . De mon poste je surveille les cours, la rue , . Toutes ces petites occasions permettent de me nourrir correctement. E toi comment fais-tu ? »

« je vis caché ...J'aime la discrétion car j'ai peur des humains qui n'hésitent pas à nous jeter des cailloux .N'as tu pas peur toi d'être trop secoué là-haut en cas de tempête ? Pour manger je me lève tôt le matin ...je me rend près des maisons au départ des employés : ils peuvent oublier de fermer une porte ; je vole d'un jardin à l'autre il y a toujours quelques bons restes.... »

C'est la même chose dans la race humaine avec des modes de vie très différents : l'important étant que les gens puissent se parler, échanger et non pas se faire la guerre.

Grands-parents

Cette histoire est celle de mes grands parents habitant près d'une grande forêt qui , petits , nous faisait peur . Notre grand-mère nous expliquait qu'avant la première guerre mondiale elle était souvent réveillée en pleine nuit par les loups vivant dans la forêt . Mais elle ne les avait jamais vu seulement entendu . Peureux et craintifs ces mêmes loups sous les coups de feu , de haine des deux guerres quittèrent définitivement forêts et pays ; Grand-mère en parlait avec nostalgie car les années suivantes les sangliers vinrent ravager son jardin . Un équilibre était rompu . La qualité du sol étant propice à la production de ciment : une usine se monta et s'étendit rapidement au point de raser définitivement le hameau où vivait grand-mère .

Très vite nous comprîmes que les nouveaux et vrais prédateurs c'étaient les hommes avec leurs machines et plus que jamais c'est toujours le cas

Les mains riches :

Cette histoire se passe au milieu d'un marché. Les femmes se pressent autour de la marchande de poissons. Les mains de la marchande s'agitent au dessus des poissons afin de chasser les mouches .
Et c'est au tour des ménagères d'écarter les insectes. Les mains échangent argent contre poissons.
Le marchand de vache montre de ses mains les muscles de la bête et alors le futur acheteur touche, tâte l'animal.
La vendeuse de paniers masse son bébé en attendant sa clientèle. Les passantes la voient pratiquer et feront la même chose une fois rentrées chez elles.
C'est le langage des mains qui est le même partout.

Cette histoire vaut aux humains qui se parlent avec les mains capables de se poser sur le cœur et de s'ouvrir ensuite aux idées des autres.

Dans la grande forêt :
Cette histoire se passe dans la grande forêt primaire. Les hommes vivaient sur le sol souffrant du froid et de la pluie. Certains las de l'adversité se mirent à observer la nature comme l'eau ruisselant sur les feuilles, comme les oiseaux vivant en hauteur dans les arbres, les écureuils amassant leurs réserves dans les creux des arbres. Ils construisirent des abris dans les arbres en symbiose avec le monde animal et végétal ; leurs yeux restèrent toujours grand ouverts sur le monde. Ils prétendirent alors à la connaissance et au bonheur.

Cette histoire s'adresse aux hommes qui ne cherchent pas à comprendre l'origine des choses leurs modes de fabrication et leurs finalités.

Quelle histoire ! Cette histoire est le début d'une longue et triste histoire : la notre . Les êtres vivants venaient de naître et l'harmonie se lisait sur tous les visages.
Humains et animaux vivaient en parfaite symbiose ;s'observant d'abord, partageant joies et souffrances, s'aidant mutuellement. Le langage était celui du besoin, en eau, en nourriture. La priorité c'était le soin aux enfants qui étaient la raison d'exister. Certains grands mâles humains après avoir étudié les meutes de loups, le lion et ses femelles voulurent posséder plusieurs femmes. Et ce furent des aventures de vols de femmes sanctionnés par des combats acharnés.
Nos Justes nommèrent « guerres » des combats entre plusieurs factions et « paix »son corollaire ; ils s'aperçurent que l'existence de ces deux concepts était le début de la fin de leur humanité, du principe naturel de la vie, le fameux dzêta, Z. Ils donnèrent des explications à tous ces malheurs : alliance à un Dieu, vengeance des dieux déçus du comportement des hommes , vol du feu, fruit interdit croqué par la femme et partagé par l'homme, boite des pires maux ouverte sur terre etc...
Les Justes, créateurs des lois, firent appel à un exécutif ; ils savaient

bien que la partie était perdue d'avance, que le rôle d'un gouvernement désigné suite à des joutes politiciennes était seulement là pour encadrer les débordements de société .

Ils ont ensuite permis à chacun de cultiver l'espoir et chacun crût en un idéal utopique.
Les Justes eux savent que l'utopie était au départ de la vie : elle nous a précédés.

FIN

Table de matières :

Remerciements à ma femme Marie , mes enfants et petits enfants ; à mes amis d'Afrique de France et d'ailleurs et à toutes les rencontres fortuites.

FIN